CHAPEUZINHO VERMELHO e o BOTO-COR-DE-ROSA

Adaptação de
**Cristina Agostinho e
Ronaldo Simões Coelho**

Ilustrações de
Walter Lara

Era uma vez uma menina que morava com a mãe numa aldeia de casas flutuantes, às margens do rio Negro. No dia do seu aniversário, ela ganhou da avó uma capa vermelha com capuz para se proteger da chuva que caía todos os dias. Como não tirava a capa nunca, ganhou o apelido de Chapeuzinho Vermelho.

Uma manhã, sua mamãe a chamou e disse:

– Olha, Chapeuzinho, a vovó está doente e eu não posso ir vê-la. Vá até a casa dela e leve este tacacá pra ela se fortalecer. Leve também estas frutas que colhi ontem: tucumã, abiu e camu-camu.

Enquanto a mãe arrumava tudo num cesto, Chapeuzinho Vermelho sentiu o cheiro do tacacá na marmita e pensou: *Com certeza, a vovó vai dividir o caldo comigo.* Tinha certeza também de que ganharia um ou dois abius, a fruta de que mais gostava no mundo.

– E preste atenção, minha filha, nada de ficar brincando com os botos na beira d'água. Boto é bicho perigoso, leva as crianças pro fundo do rio. Quero que você volte antes das quatro da tarde, entendeu? Quando chegar na casa da sua avó, dê um beijo nela e não esqueça de dizer que estou mandando um abraço.

– Pode deixar, mamãe, vou fazer tudo direitinho.

Toda contente, lá foi Chapeuzinho Vermelho visitar a vovó.

A avó morava numa casinha à beira de um igarapé que corria no interior da mata. Mas, em vez de ir pelo caminho da mata, foi andando pela margem do rio. Ela não achava que os botos-cor-de-rosa eram maus. Os botos eram brincalhões, saltavam fora do rio, faziam acrobacias de circo. Por isso não teve medo quando um deles se aproximou da margem.

– Bom-dia, Chapeuzinho Vermelho – disse o boto, dando uma cambalhota na água. – Aonde você vai assim tão cedo?

– Bom-dia – ela respondeu. – Eu vou visitar minha vovó, que está doente.

– E o que você leva aí, nesse cesto?

– Levo tacacá e umas frutas pra ela sarar.

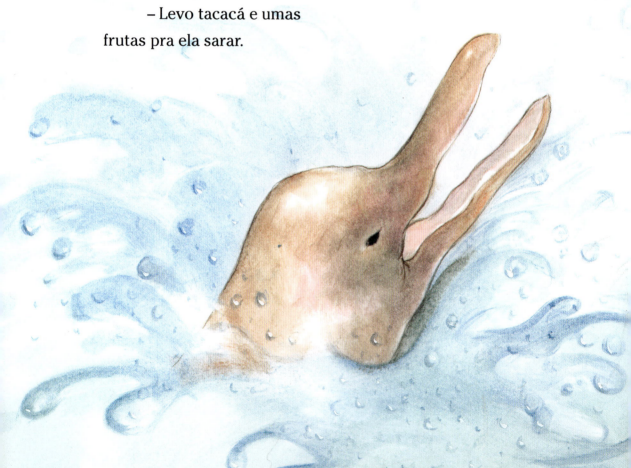

O boto deu um salto duplo que encantou a menina e perguntou:

– E onde mora sua vovó, linda menina?

– Ela mora numa casinha de madeira, do lado de um igarapé, bem perto daqui. No quintal da casa dela, tem três árvores enormes, uma maçaranduba, um cajuaçu e uma andiroba. Você deve saber onde é, porque vive nadando pra lá e pra cá, não é mesmo?

Enquanto Chapeuzinho falava, o boto ia pensando: *Vai ser muito fácil levar essa menina comigo pro fundo do rio. Da vovozinha eu me livro logo. Esperteza não me falta.*

– Se é tão perto assim, pra que tanta pressa, Chapeuzinho? Dê uma olhada à sua volta. Veja como a floresta é linda. Aposto que você nem sequer prestou atenção nos macaquinhos. Já viu como o sagui-bigodeiro é engraçado? E o macaco-de-cheiro? Bonitinho que só ele. Olha lá, aquele macaco careca de pelo branco é o uacari-branco, bicho danado de esperto. Tão esperto quanto um boto-cor-de-rosa.

Ele piscou para Chapeuzinho, deu dois saltos duplos e continuou:

– E os passarinhos da floresta, quantos você conhece? Não estou falando das araras coloridas, nem dos papagaios, que todo mundo já viu. Falo do uirapuru, o canto mais bonito da Amazônia. Do galo-da-serra, que tem um penacho enorme. Está vendo os ninhos dependurados naquela árvore, parecendo bolsas de capim? São ninhos de xexéu, um pássaro que imita o canto de todos os pássaros do mundo.

Encantada com tanta novidade, Chapeuzinho corria de um lado pro outro, olhava para cima e para baixo, em busca dos macaquinhos e das aves. Queria contar à sua vovó tudo o que tinha visto.

Enquanto a menina se distraía, o boto nadou até a casa da avó e bateu na porta.

– Quem está batendo? – ela perguntou.

– É Chapeuzinho Vermelho, vovó – o boto imitou a voz da menina. – Eu trouxe um cesto cheio de coisas gostosas que a mamãe mandou.

– Entre logo, querida, é só empurrar a porta. Estou muito fraca, não consigo levantar da cama.

O boto empurrou a porta e, antes que a avó gritasse, jogou-a no igarapé. Depois deitou-se na cama e se escondeu debaixo do lençol.

Cansada de ficar andando para lá e para cá na floresta, Chapeuzinho Vermelho lembrou-se da avó e foi correndo para a casa dela. Lá chegando, ficou admirada de encontrar a porta aberta. Quando entrou na sala, sentiu medo sem saber por quê. Então, disse bem alto:

– Bom-dia, vovó!

Ninguém respondeu. Chegou perto da cama, devagarzinho. A avó estava deitada com o lençol por cima

da cabeça. A menina achou aquilo esquisito demais. A vovó sempre a recebia de braços abertos. Nunca ficava escondida debaixo do lençol.

Muito assustada, ela perguntou:

– Vovó, vovó, onde você está?

– Sua vovó está no fundo do rio, menina. E eu vou te levar pra lá também.

O boto pulou da cama, agarrou Chapeuzinho e zás!... jogou-a no rio.

Neste momento, um pescador que ia passando escutou um grito:

– Socorro! Socorro!

Era Chapeuzinho Vermelho tentando sair do rio. O pescador deu a mão para ela e puxou-a para dentro do barco.

– O que aconteceu, menina? – ele perguntou.

– Foi o boto. Ele me jogou no rio. E jogou minha vovó também.

O pescador remou mais um pouco e encontrou a avó agarrada em um galho caído no igarapé.

O boto aproveitou a confusão e nadou para bem longe.

A vovó, em agradecimento, convidou o pescador para tomar o caldo de tacacá e deu dois abius para Chapeuzinho comer.

Depois o pescador levou a menina até a aldeia flutuante. A mãe já estava aflita com a demora da filha.

Assim que abraçou sua mamãe, Chapeuzinho Vermelho sentiu-se protegida e feliz. E saiu correndo para contar aos seus amiguinhos a grande aventura que tinha vivido.

Copyright © 2020 Cristina Agostinho e
Ronaldo Simões Coelho
*Todos os direitos desta edição reservados
à Mazza Edições*
2ª reimpressão – 2022

Ilustrações Walter Lara
Projeto gráfico Thiago Amormino
Revisão Ana Emília de Carvalho

A275c	Agostinho, Cristina.
	Chapeuzinho vermelho e o boto-cor-de-rosa / Cristina Agostinho, Ronaldo Simões Coelho ; ilustrado por Walter Lara. - Belo Horizonte : Mazza Edições, 2020.
	24p. : il. ; 18 cm x 26 cm.
	ISBN: 978-85-7160-728-6
	1. Literatura infantil. 2. Adaptação. I. Coelho, Ronaldo Simões. II. Lara, Walter. III. Título.
2020-203	CDD: 028.5
	CDU: 82-93

Elaborado por Vagner Rodolfo da Silva - CRB-8/9410

Índice para catálogo sistemático:
1. Literatura infantil 028.5
2. Literatura infantil 82-93

Mazza Edições
Rua Bragança, 101 - Pompeia
30280-410 Belo Horizonte - MG
Tel.: 31 3481 0591
www.mazzaedicoes.com.br
pedidos@mazzaedicoes.com.br